소녀와 기장

글쓴이/그린이 이희숙은

전북 김제 태생으로 노란 황금 벌판 속에서 어린 시절을 보냈고 교직 생활 은퇴 후 그림책과 동화 쓰기에 풍덩 빠져 지내고 있습니다. 작가는 학교 담장 안에서 아이들과 부대끼며 그들의 이야기를 듣고 나누고 격려해 주면서 오히려 아이들에게 감동받고 때론 위로를 받았답니다. 〈소녀와 일기장〉에서는 격려, 희망, 용기, 친구는 결국 '사랑'이라는 메세지를 담았습니다.

소녀와 일기장

2025년 08월 30일 초판 인쇄
지은이, 그린이 이희숙 / 편집 송봉주 / 디자인 이유안
펴낸곳 도시출판 보다
　　　　　서울특별시 은평구 갈현로 19-5, 401호
전화 02. 2138. 2043　　팩스 070. 4833. 2063
이메일 yemunpartner@gmail.com
등록번호 제2024-000076호

ⓒ 2025 이희숙

본 도서는 전북특별자치도문화관광재단 '2025년 문화예술육성지원사업'에 선정되어 보조금을 지원받은 사업입니다.
본 도서의 저작권은 저자에게 있으며 무단 전재나 복제는 법으로 금지되어 있습니다.
정가는 뒤표지에 있습니다. 잘못된 책은 구입하신 곳에서 교환해 드립니다.

ISBN 979-11-990781-1-6(03810)

소녀와 이기장

글쓴이·그린이

이희숙

한 소녀가 창밖 넘어 오솔길을 바라봐요.
'왜 모두 저곳을 향해 걷고 있지?'

강아지 한 마리도 걸어가네요.
갑자기 성큼성큼 빨라져요.

소녀는 허둥지둥 얼른 뛰어 나가요.
"강아지야, 왜 저곳을 향해 걷는 거야?"
"생각할 게 있어."
강아지가 말해요.
소녀도 함께 강아지를 따라 걸어가요.

말없이 걷던 강아지는
조심스레 소녀에게 말해요.
"음~ 난, 주인을 잃었어."
"그렇구나!"
소녀는 강아지를 어루만져 주어요.

나뭇잎 사이로 잔뜩 겁먹은 토끼가 쳐다봐요.
"토끼야, 나도 처음에 누군가에게
말 걸기가 두려웠어. 어서 나와."
소녀 앞에 오뚝 앉은 토끼 등에
기니피그가 바짝 붙어 있네요.

"나랑 기니피그는
무서운 실험실에서 탈출했어."
"어쩐지 상처가 많아 보였어."
소녀가 미안해하며 말했어요.

"실은 나도 주인이 숲속에 두고 가버렸어."
강아지 말에 소녀가 깜짝 놀랐어요.
"우리 주인은 나를 버릴 만했어.
직업을 잃었거든."
아직도 강아지는 주인이 그리운가 봐요.
"이별했으면 어서 잊어야지.
하긴 시간이 필요할 거야."
토끼가 말했어요.

"얘들아, 저 너머에는 이곳과는 다른 특별한 것이 있지 않을까?"
소녀가 힘내서 말했어요.
"특별한 것? 달콤한 아이스크림 같은…."
"상추, 쑥갓, 청경채가 있을지도 몰라."
강아지와 기니피그가 앞다퉈 말했어요.
"나는 희망도 사랑도 다 좋아."
소녀가 웃으며 말했어요.

송아지와 사람들이 앞서 걷고 있어요.

"저곳을 다녀오면 용기가 생겨서 힘차게 산다는 소문이 있어!"

저만치 걸어가는 송아지가 큰 소리로 말했어요.

소녀와 강아지, 토끼, 기니피그 귀가 쫑긋해져요.

밤하늘을 바라보며 도란도란 이야기해요.
"나는 꿈을 꾸면서도 게으름을 피웠어. 노력하지 않았거든."
소녀가 솔직하게 말했어요.

"나는 실험실에서 탈출만 하면
모든 일이 다 해결될 줄 알았어."
토끼가 말했어요.
"맞아, 그런데 그게 아니더라고.
나쁜 친구를 만나면 숨어야 했어."
기니피그가 눈을 감았어요.
"우리들의 미래는 알 수가 없어.
하긴, 그래서 우리가 꿈꾸는지도 몰라."
소녀가 말했어요.

소녀는 발이 부르트고 발톱까지 까매졌어요.
"내가 업고 갈 수도 없고 어쩌지?"
기니피그가 말했어요.
"아니야. 내 귀를 잡고 따라와.
너는 작고 귀여운 소녀야."
토끼가 웃으며 말했어요.
말만 들어도 소녀의 발가락이
싹 나아 버린 것 같았어요.

숲 속에 작은 집들이 눈앞에 나타났어요.
벗이 달린 닭이 소녀에게 다가오네요.
"나 좀 데려가 줄래?"
"저 너머에 가는 중이야. 왜 떠나려 하는데?"
"마당에서 날아다니는 연습을 했더니 친구들이 나를 비웃어."
"넌 나는 것보다 꼬끼오 노래를 잘하잖아.
가수를 꿈꿔 봐."
닭은 천천히 고개를 끄덕였어요.

드디어 길고 길었던 숲을 벗어났어요.
바닥은 온통 뜨거운 모래알들이었어요.

“저 너머에 무엇이 있나요?”
돌아오는 아저씨에게 소녀가 물었어요.
“그러게, 어서 가 봐.”
아저씨의 발걸음이 가벼워 보였어요.

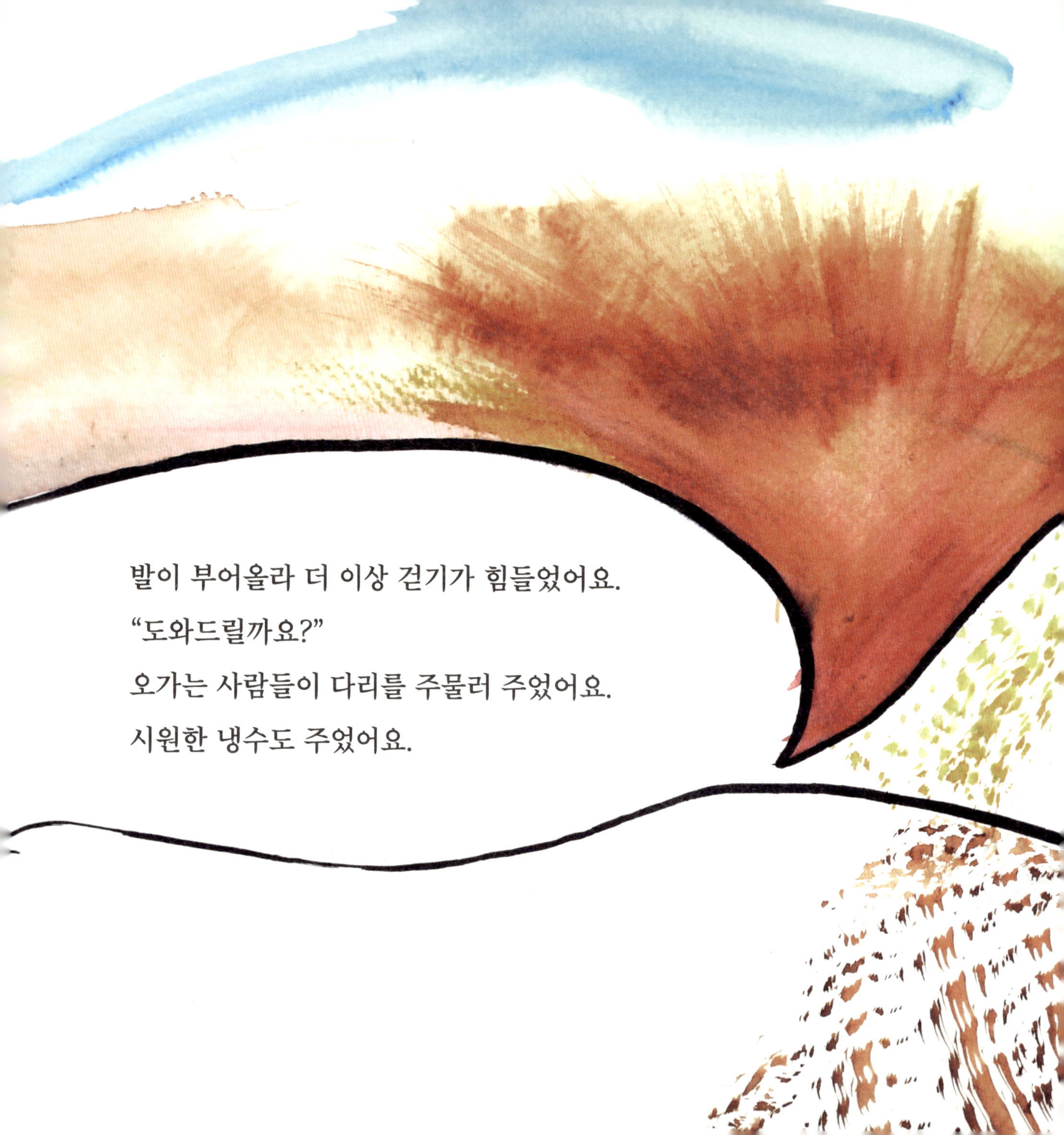

발이 부어올라 더 이상 걷기가 힘들었어요.
"도와드릴까요?"
오가는 사람들이 다리를 주물러 주었어요.
시원한 냉수도 주었어요.

소녀도 절뚝이는 아주머니의 발을 주물러 주었어요.

"손이 참 부드럽구나."

아주머니가 말했어요.

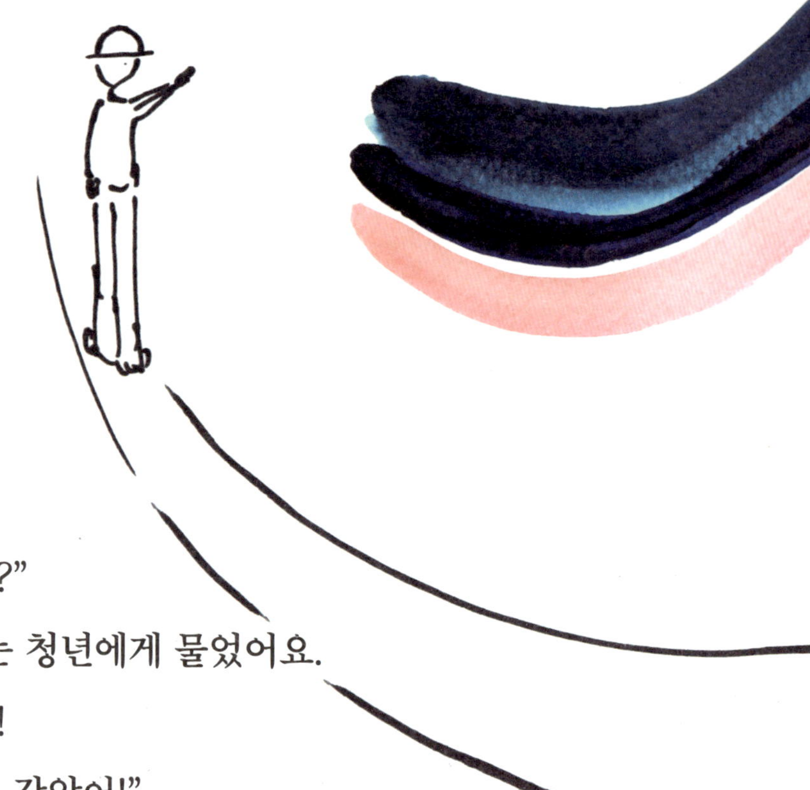

"그곳에는 왜 갔나요?"
토끼가 스쳐 지나가는 청년에게 물었어요.
"힘든 일이 있었거든!
답을 찾을 수 있을 것 같았어!"
청년이 돌아서서 큰 소리로 말했어요.
"답은 찾았나요?"
"답? 허허허, 3일만 가면 도착할 거야!"
모두 새처럼 몸이 가벼워졌어요.

성큼성큼 다가오던 낙타가 말했어요.
"모두 내 등에 탈래? 난 참 행복할 거야."
"아니야. 우리 모두 스스로 해내고 싶어."
강아지, 토끼, 기니피그, 닭이 합창했어요.

이틀만 가면 돼요.

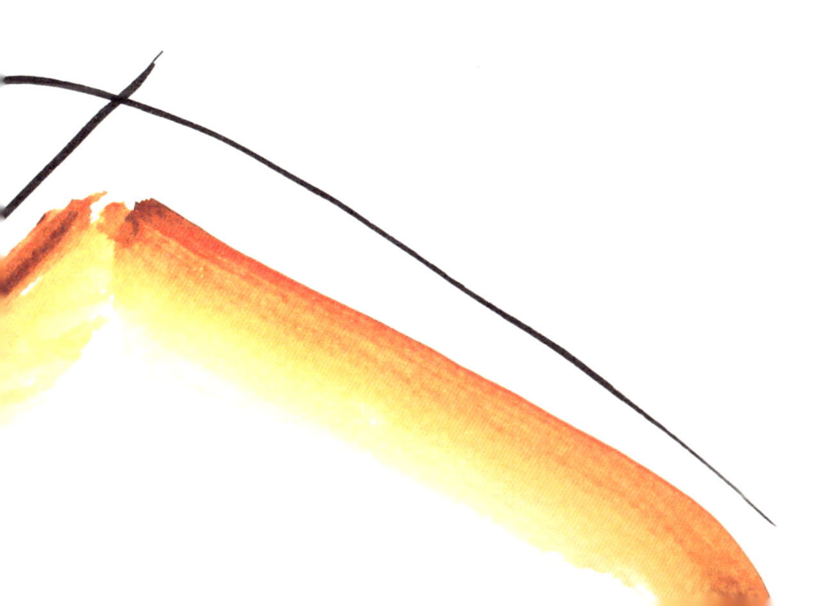

두근두근! 하루 남았어요.

우와! 드디어 도착했어요.
"아이스크림!"
"상추, 쑥갓, 청경채?"
"사랑! 희망! 어서 나와 봐!"
"……"

대답이 없어요.

사람들이 땀 흘리며 일하는 작은 마을일 뿐이었어요.

"밤하늘에서 별이 떨어져!"
평범한 숙소 마당에 누운 기니피그가 소리쳤어요.
"치⋯. 도깨비라도 떨어진담? 아무 일도 없잖아."
소녀답지 않게 볼멘소리를 하고 말았어요.

소녀는 매일 쓰던 일기장을 달빛에 펼쳤어요.
오늘은 딱 한 마디만 썼지요.

아무것도 없었다,

아침이 되면 해가 떠 올랐고
배가 고프면 식당에서 밥을 먹었어요.
'모두 왜 이곳에 올까….'
소녀는 아픈 발을 만지작거리며 생각했어요.

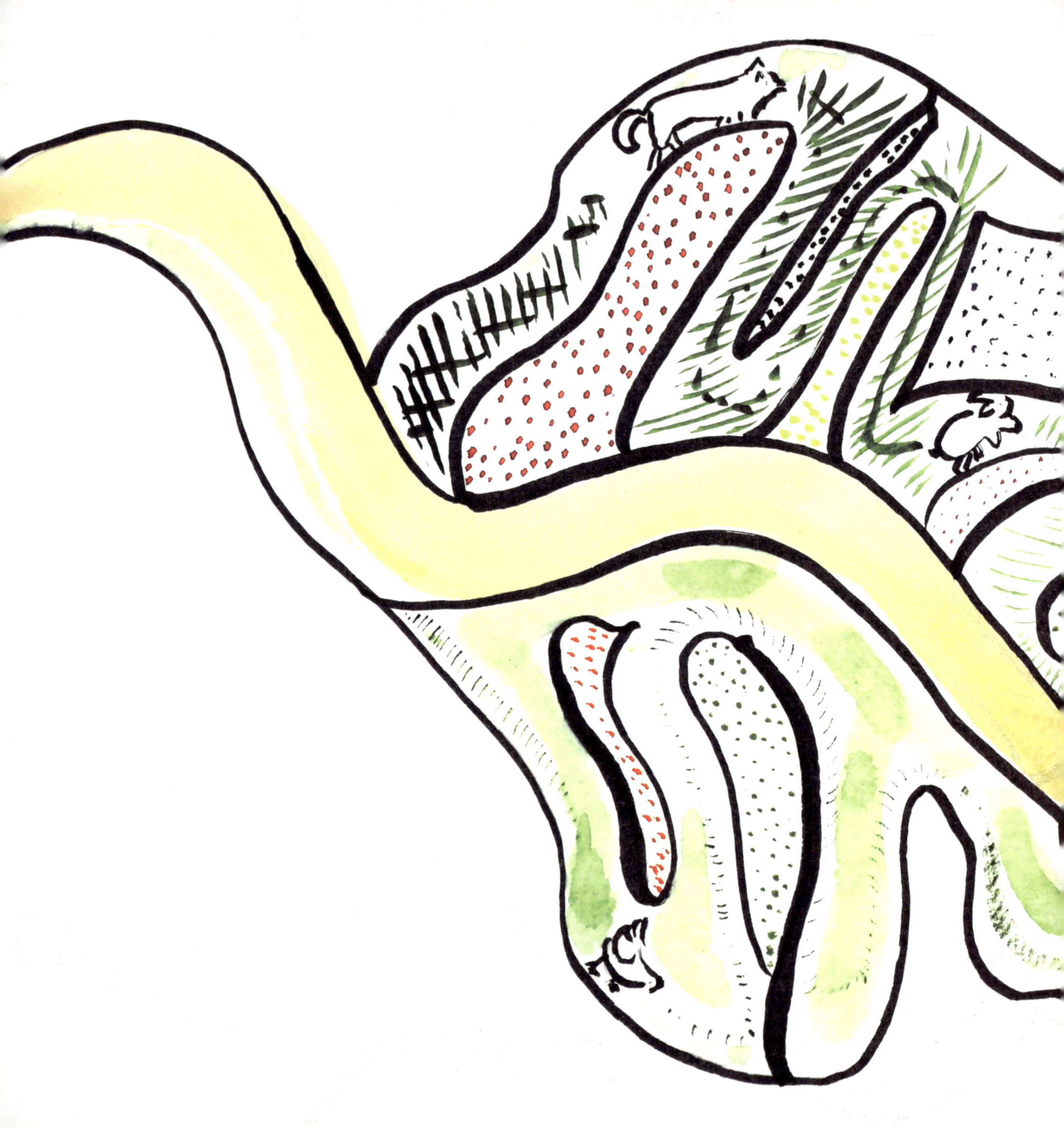

돌아오던 중 강아지랑 토끼랑 기니피그,
닭은 각자의 터전으로 향했어요.
어찌 된 일인지 마치 동물 병정들처럼
씩씩하게 떠났어요.
소녀도 활짝 웃으며
손을 흔들어 주었어요.

집으로 돌아온 소녀는 일기장을 펼쳤어요.

일기장에는 힘들었을 때 서로 의지했던 친구들이 있었어요.

강아지, 토끼, 기니피그, 닭….

발을 주물러 주었던 스쳐 간 인연도 있었고요.

소녀는 어느새 눈물이 주르르 흘렀어요.

웃음도 나왔어요.

저 너머로 가는 길 위에
희망과 따스한 사랑이 있다는 것을 깨달았지요.

얼룩말이 고개를 푹 숙인 채 걷고 있어요.

소녀는 얼른 뛰어나가 얼룩말을 쓰다듬어 주었어요.

"혹시 저 너머에 다녀온 적 있어?"

얼룩말이 물었어요.

"그럼."

"그곳에 뭐가 있어?"

"후훗, 가 보면 알아."

소녀와 얼룩말은

가슴이 두근 두근 뛰었어요.

소녀가 길을 가다

강아지, 토끼, 기니피그, 닭, 낙타,

사람들을 만났어.

서로 많은 이야기를 나누며 위로하고

자신도 돌아보았지.

로아! 넌 저 너머에 가는 길 위에서

누구를 만나 함께 걷고 싶어?

누구나 마음속 이야기를 친구에게

털어놓는 일은 용기가 필요해.

로아는 친구들이랑 함께 저 너머에 가면서

어떤 속마음을 말하고 싶어?

아직 부끄러우면 하얀 연필로 써 봐.

타조는 읽을 수 있거든.

따스하게 위로해 줄 거야.

소녀와 기짱
글쓴이·그린이 이희숙